KB046117

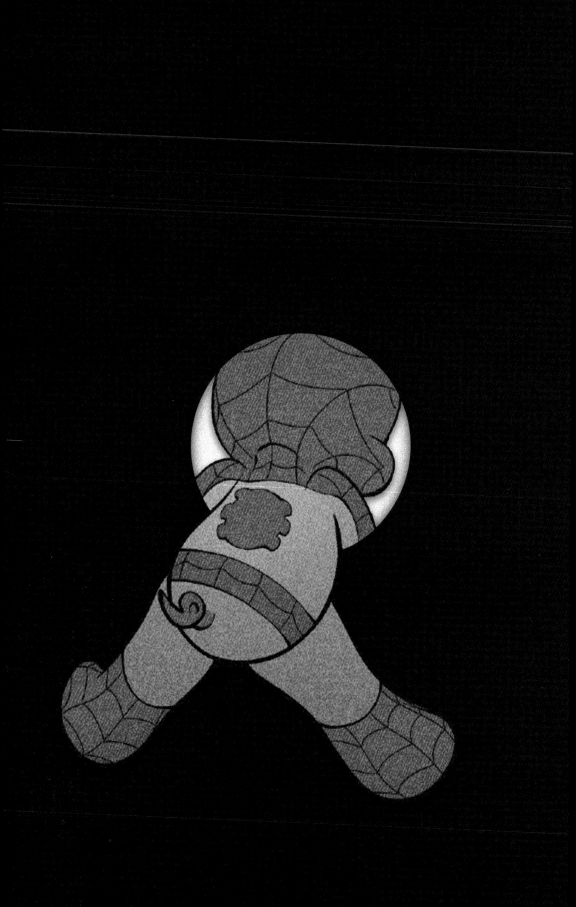

PETER PORKER
SPIDER-HAM

WRITER:
ZEB WELLS

ARTIST:
WILL ROBSON

COLOR ARTIST:
ERICK ARCINIEGA

LETTERER:
VC's JOE CARAMAGNA

COVER ART:
WENDELL DALIT (#1) AND WILL ROBSON & ERICK ARCINIEGA (#2-5)

ASSISTANT EDITOR:
DANNY KHAZEM

EDITOR:
DEVIN LEWIS

EXECUTIVE EDITOR:
NICK LOWE

PANELS FROM PETER PORKER, THE SPECTACULAR SPIDER-HAM #15
STEVE MELLOR, JOE ALBELO, PIERRE FOURNIER, JANICE CHIANG & JULIANNA FERRITER

COLLECTION EDITOR: **JENNIFER GRÜNWALD**
EDITOR, SPECIAL PROJECTS: **SARAH SINGER**
VP LICENSED PUBLISHING: **SVEN LARSEN**
MANAGER, LICENSED PUBLISHING: **JEREMY WEST**

VP PRODUCTION & SPECIAL PROJECTS: **JEFF YOUNGQUIST**
BOOK DESIGNER: **ADAM DEL RE**
SVP PRINT, SALES & MARKETING: **DAVID GABRIEL**
EDITOR IN CHIEF: **C.B. CEBULSKI**

SPIDER-MAN
CREATED BY
**STAN LEE &
STEVE DITKO**

피터 포커: 스파이더햄
초판 1쇄 인쇄일 2023년 6월 20일 | **초판 1쇄 발행일** 2023년 7월 1일 | **지은이** 젭 웰스 | **그린이** 윌 톱슨 | **옮긴이** 이용석 | **발행인** 윤호권 | **사업총괄** 정유한 | **편집** 조영우
마케팅 정재영 | **발행처** (주)시공사 | **주소** 서울 성동구 상원1길 22, 7층(우편번호 04779) | **대표전화** 02-3486-6877 | **팩스(주문)** 02-585-1247 | **홈페이지** www.sigongsa.
com 이 책의 출판권은 (주)시공사에 있습니다. 저작권법에 의해 한국 내에서 보호받는 저작물이므로 무단 전재와 무단 복제를 금합니다. 이 작품은 픽션입니다. 실제의 인
물, 사건, 장소 등과는 전혀 관계가 없습니다. ISBN 979-11-6925-974-3 07840 ISBN 978-89-527-7352-4(세트) 시공사는 시공간을 넘는 무한한 콘텐츠 세상을 만듭니다.
시공사는 더 나은 내일을 함께 만들 여러분의 소중한 의견을 기다립니다. 잘못 만들어진 책은 구입하신 곳에서 바꾸어 드립니다.

MARVEL
© 2023 MARVEL

뉴욕시 평범한 교외의 어느 평범한 주택 지하실에서 평범한 거미 한 마리가 다소 평범한 광경을 지켜보고 있었으니…

마침내!!

알려지지 않은 천재인 나, 메이 포커가 세계 최초로 원자력 헤어드라이어를 발명했다!

미국의 미용실에 핵분열을 소개하면 모발 관리 업계에 혁명이 일어날 거야!

ZZZAP!!!

어이쿠! 포커 부인의 눈빛을 좀 봐! 몸에서 반짝이는 빛을 내며 나한테 오고 있어!

5

CHOMP!

아야!!

나이 많은 과학자는 쓰러지고 온순한 거미의 몸에서 믿을 수 없는 변형이 일어난다!

몸이… 커지면서… 무언가로… 변하고 있잖아! **으아악!**

기분이 이상해!
어지러워서 바람 좀
쐬고 와야겠어!

괴상한 변신을 체험한 피터는 휘청거리며 도로로
나가는데….

조심해!

HONK!
HONK!

왕돼지 맙소사!
거의 9미터를 점프했어!
거기다 거미였을 때처럼
벽을 타고 있네!

며칠이 지난 뒤….

나이 많은 아주머니의 모습을 한 운명이
내 머리를 물어서 나에게 놀라운 능력을
부여했어. 이 능력을 사용해서 어디에서든
악과 싸울 거야!

몸이 변형되면서
메이 숙모의 천재성이 나에게
유전된 게 분명해!

거미줄을 짜는 능력은
없어졌지만, 간단하게 만든
이 웹슈터를 이용해서 더 많은
일을 할 수 있지!

THWIP!
THWIP!

그리고 슈퍼히어로들 사이에서
'저게 누겨?' 하는 소리가 나오도록
이 복장까지 살짝 더하는 거야!

조심해라, 세상아!
스파이더햄 나가신다!

초자연적 범죄 투사 연대기를 빛낼, 세상에 없던 놀라운 대장부는
이렇게 탄생하였다.

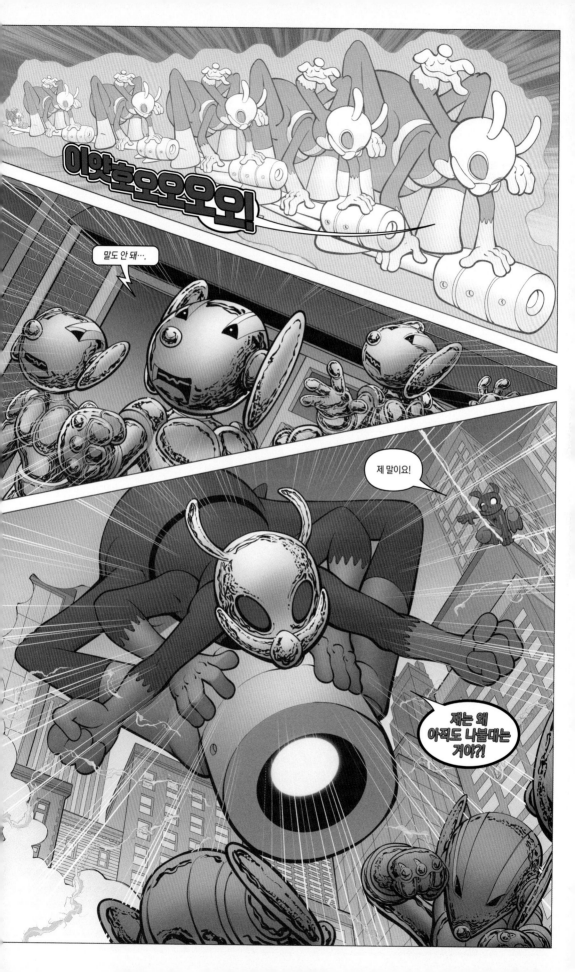

흠.

뭐?

*저는 거미 친구들이랑 일렉트로 1,000명과 싸웠거든요. 다시 말하지만, 멀티버스를 구하느라요. 도시 하나를 지키는 건 거기 비할 게 못 되죠.

여러분 수준에선 대단한 일이지만.

*연재 종료된 「웹워리어스」에서 일어난 일입니다! — 데빈

이젠 안 참아. 누가 가서 구덩이 좀 파 봐. 저놈 통째로 넣고 훈제 바비큐를 해 버릴 테니까.

워, 워!

그럴 가치도 없어!

진정해, 스퀴크아이. 내가 처리할게.

이봐, 햄. 네가 몇 달 동안 고향과 친구를 버린 채 다른 차원에서 튀어나온 낯선 사람들을 따라가서 큰일을 한 건 우리도 알아….

정말 힘들 텐데, 나머지 정리는 우리한테 맡기고 이만 쉬러 가는 게 어때?

좋은 생각이네요. 여러분 뒤처리하기엔… 제 능력이 아깝긴 하죠.

뉴욕이 다중 차원 위협 사건의 연결점이 되면 연락 주세요.

그래! 당연히 그래야지!

다시는 안 부를 거지?

그럴 바엔 또 냉동되는 게 낫지.

생일 선물로 제 차원 이동 시계를 고쳐 줄 생각으로 훔친 거라면…

…화 안 났어요. 깜짝 파티를 망쳐서 미안하게 됐네요!

자, 무슨 상황인지 알려 주실래요?

⌐에헴⌐ 엘리가모토의 눈이 이번 사태를 일으킨 빌런을 보긴 했지만, 정확한 정체를 파악하진 못했어.

*엘리가모토의 눈은 사실 시력이 매우 나쁘거든.

그래서 시공간을 넘어 빌런을 잡을 히어로를 보낼 예정이었지.

그 히어로는…

*아이러니하죠. — 젭

…냐야.

뭐라고요?! 차원을 넘나드는 모험인데요?! 그건 제 거라고요! 속성 훈련도 있는데! 도대체 왜 저한테 안 왔어요?!

왜냐면…

아니요! 잘 들어요.

차원을 오가는 건 제 담당이에요.

그리고 세상을 구하는 일도 웃기는 일이 될 수 있어요.

그리고 무엇보다 중요한 점은...

...이게 제 시계란 거죠!

GANK!

시계를 쌔볐어! 시계를 쌔볐다고!

그게 무슨 뜻이야?!

SHHHZZZARKK!

피터? 너야?

배고프다길래.
왜 그래?

왜 말하는 꼬마
아기 돼지가 있다는
말을 안 했어?

MJ, 얘는
스파이더햄이야…
다 큰 어른 돼지
라고!

아.
그러면
갑자기 상황이
이상해지는데.

잠시만.
머릿속이
복잡해졌어.

내가 아기인 줄
알았어? 그래서
달래듯이
얘기했구나.

처음부터
나한테
베이비라고
하긴 했지.

까꿍 놀이는
너무 오랜만이라.
잠시만.

*여긴 어떻게 왔어?
생명과 운명의 거미줄이
파괴된 뒤로는 차원 여행
시계도 작동을 멈춘 줄
알았는데.

멈췄어. 근데 우리
세계에서 가장 똑똑하고
강력한 히어로들인
연휴머나티가
고친 거야.

그리고 시공간을
넘나들며 우리 현실을
파괴하려는 정체불명의
악당을 잡으라고
내가 뽑혔지.

너희 세상에서
가장 똑똑한 히어로들이
널 보냈다고?

그래, 그래.
다 같이 모여서 동의했어.
내 기억이 맞는다면,
공개 투표였지.

"스파이더햄,
네가 유일한 희망이야"
라면서. 정확히 그렇게
말했다니까.

*「스파이더겟돈」 이야기
입니다, 돼지 앞발 여러분!
— 대니 카즈햄

너희 세상에서 넘어온 빌런을 잡아야 하는데… 누군지도 모르고, 어떻게 찾아야 할지도 모르고, 계획 같은 것도 전혀 없다는 소리잖아.

빙고. 다 잘 이해했구만.

이제 어쩌지?

내 세상을 지키느라 너무나 바쁜 히어로로서, 책임지고 할 일은 다중 차원 난리 전문가한테 물어보는 거지.

그렇군. 해 보자고.

근데 일단… 여기가 어딘데?

얀시 스트리트 4번지. 판타스틱 포의 새집이야.

정식 훈련을 안 받은 사람한텐 그냥 날 떠넘기는 것처럼 보이겠다.

에이, 그럴 리가.

저기요! 오늘 일거리 왔으니까 문 좀 열어 봐요!

조심해! 내 스파이더센스가 맞는다면, 이 벽엔 뭔가 이상한 점이 있어!

회전하는 벽 말이야?

말하는 게 좀 늦었잖아.

ZZZZZZZZ

이상한 게… 더 있는데.

아, 신형 H.E.R.B.I.E.일 거야.

침입자! 침입자!

리드! 수잔! 여러분의 친구, 스파이더맨이 왔어요!

목소리 인식 불가. 얼굴 인식 불가.

침입 저지 수단으로 치명적인 공격 허가를 요청함.

요청 거부됨.

침입 저지 수단으로 물리적 외상 유발을 요청함.

요청 거부됨.

침입 저지 수단으로 폭력적인 언어와 고강도 통증 광선 사용을 요청함.

요청 허가됨.

당장 이곳을 떠나라, 쓰레기야.

야.

끝내준다! 나도 해 볼래!

비인간의 요청, 수락됨.

SHWAR

악!

스파이디 II, 이 고통 광선 아프잖아!

반복한다. 고통 광선, 매우 아픔!

나보고 스파이디 II라고?

잠시 후.

정말 놀라운걸. 우리 차원의 물체는 가시광선을 흡수하고, 특정 파장을 반사하면서 색의 착시를 일으키지.

그런데 네 몸은… 색을 흡수해. 빛이 셀룰로이드를 통과하는 것처럼 말이야.

네 몸이 현재 체류 중인 우주의 물리 법칙을 새로 쓰는 것 같단 뜻이야. 살아 있는 카툰 캐릭터 같군.

예를 들어, 이 정도 전력이면 코뿔소도 구워 버리는 수준이지만, 내 계산이 정확하다면….

ZZZAAAP!

끄아으아아아으아아아으아

혹시 모르니까 한 번 더 해 보죠?

에헴. 이제 끝났나요?

정말 흥미로운 점은 이 장치로 어떻게 차원을 여행하는가 거야. 동력원을 살짝 봐도 될까?

CLICK

어이! 뭐 하는 짓이야?! 지금 몇 시인지 알아?

이 차원 전체를 다 잠재우는 수가 있어! 진짜라고!

흐음, 이건 건드리지 말아야겠군.

이분은 전지전능한 카툰 꿀벌이에요—

거기까지만 하자. 광기를 슬쩍 구경할 순 있지만 그 안으로 머리를 넣고 싶진 않아.

넘어가지.

3

지구-77013.

피부가 불타오른다. 거기다 싸구려 신문 용지가 내 목을 죄고 있어. 모든 게 얄팍하고 조잡한 곳이군.

언제까지 그런 말투로 말할 거야?

뭔 말투?

또 변했네? 뭐가 어떻게 돌아가는 거야?

POP!

스파이더맨?!

내 사무실에서 모험 짓거리를 하는 거냐?! 달을 거듭하면서 매일 임금이 오르는 와중에 멈추지 않고 공포의 존재 노릇을 하겠다고?!

살면서 이렇게 정신 나간 대화는 처음이야.

잠깐만….

저기 있네! 전등 뚜껑을 쓴다고 숨겨질 것 같냐?!

어떻게 알았지?

나도 예전에 똑같은 짓 해 봤거든!

도망 못 가!

아니, 갈 수 있거든? 그게 핵심이니까.

안녕!

WELLS
ROBSON
1-20

까야야야악!

워우. 진짜 싸구려 세계네. 그냥 떨어져 버리다니.

뭐 하는 거야?! 여기선 제4의 벽을 지켜야 해! 우리 독자는 나이가 많단 말이야!

목소리가 고막에 망치질하는 것 같네. 원래대로 붙여 놔야겠다.

POP

다시 돌아왔어….

이건 뭐야? 뭔지 한번 봐야겠는걸.

나라면 그 안에 머리 안 집어넣을 것 같은데—

바로 집어넣는군.

어허! 계속됩니다! 반드시 그럴 거예요!

뭐라고?

대박이야. 내가 모험하는 모습이 보였는데, 무슨 만화책 같았어.

여긴 차원 사이에 있는 공간이야. 이곳에선 시간과 공간이 순서대로 정렬된 차원 조각처럼 보이지.

혼자 한 페이지를 다 쓴다고?! 초대 손님한테 과분한 대접이구만.

햄, 빨리 이동하는 게 좋겠어.

이제야 이 몸한테 어울리는 등장 신이 나오네!

아, 솔직히 이건 너무 창피하네. 난 그만 가 봐야겠어!

난 계속 서 있어야 겠구만.

뭐라고?! 나 빼고 초대박 크로스오버를 해?! 이 만화책 주인공은 난데?!

햄…

모르면서 아무 말이나 하는 것 같아.

그냥 앞 페이지에 가만히 있을걸…

언제까지 그러고 있을 거야?

다시 내 얘기로 가자…

…훨씬 더 멋진 걸 보여 줄 테니까!

앗. 소원을 빌 때는 조심해야지!

햄?

우와, 빈티지 햄이네! 대박 멋져!

세상에, 날 챙겨 줬어.

이런 건 놓치지 말아야 하는데…

햄!

그만해! 나 심심하다고.

심심해?! 이제야 일이 잘 풀렸는데. 지금 굉장한 일이 벌어지는 중이야!

그래… 이 부분은 읽기에 꽤 지루하겠어.

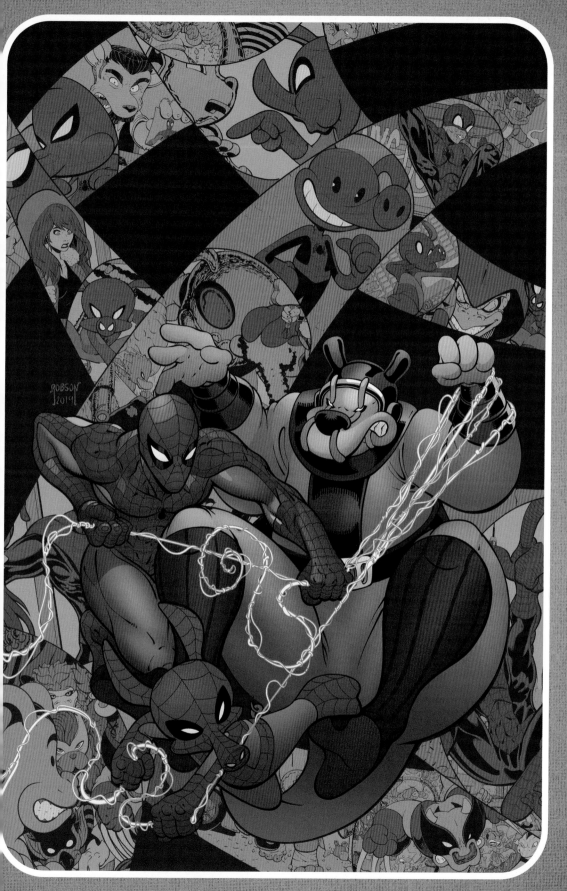

4

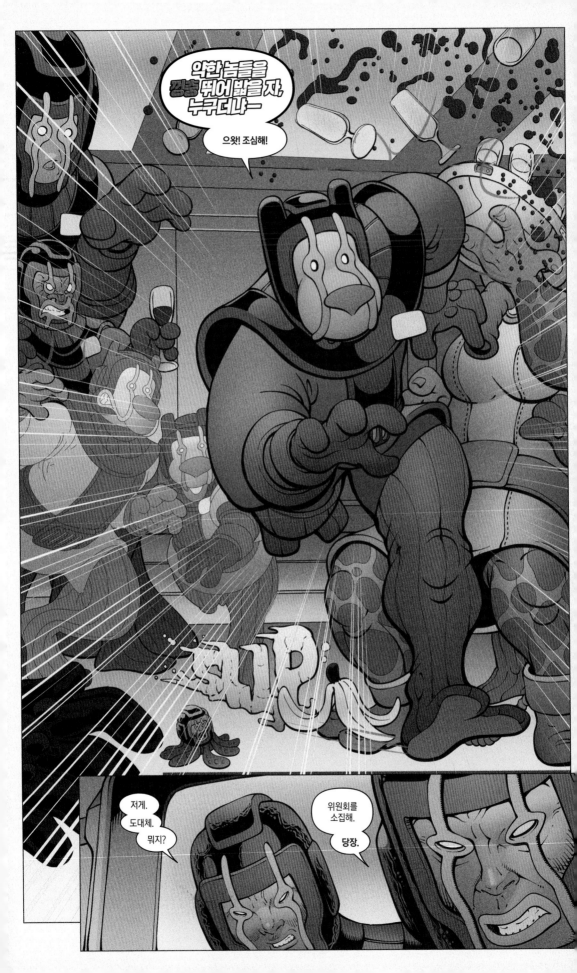

좀 전에 말한 '과거 어딘가'.

넌 뭐냐?

나는 라마 투트, 리버 타임의 주인이다.

나는 이모투스, 모든 것을 약탈하는 자다.

*빅터 타임이였던 적도 있으나, 그 얘긴 하지 않겠다.

이런 이 몸을 **정복자 캉,** 미개한 이 세상을 파괴하는 자라 불러라.

*「어벤저스 애뉴얼」 #21의 이야기입니다, 신실한 열성 팬 여러분!

아니, 넌 무슨 동물이냐고 물은 건데?

일종의 원숭이처럼 보이는데. 오랑우탄 아닐까?

그럼 오랑우캉이라고 했어야지.

야, 인마! 오랑우캉이라고 불러도 되냐? 괜찮지?

난…

…지금…

…진지하다!
으아아아아아아악!
정말이군. 엄청나게 아파.
전혀 재밌지도 않고.
초능력 공룡 영웅을 휠체어에서 떨어뜨리다니! 이 괴물 놈아, 기분 좋냐?!

지구-8311.
먼 미래.

잠깐만, 인간 캉이
너 대신 우리 세계를
부수는데, 여기 그냥 가만히
있을 생각이야?

내가 아는
정복자 캉거루는
이런 녀석이 아니야!

이러는 게 제일
나을지 몰라.

우린 그저
케케묵은 웃음거리일
테니까.

야, 우리끼리
살짝 얘기 좀
하자.

인간이 우리보고 뭐라 해도 너무 믿지 마! 인간은
아무 쓸모 없는 것들이라고!

너 스파이더맨이 동물
이름으로 말장난하는 거
들어 본 적 있어?

아니…

소품 쓰는 건?
웃기는 목소리를
내거나?

없지.

그렇다니까! 인간 뇌는 거의
기능을 안 해. 그놈들 입에서 나오는
말은 아무 의미도 없어!

언제, 어디,
누구한테 뭘 해 줄 수
있는 게 없다고!

MJ,
늦었다니까.

Produced By
Mojovisions
제작: 모조비전스

가짜 페스티벌
사건 때 우버
기다리던 것보다
더 오래 걸리네.

하하
하하하
하하

Written By
Mojo
대본: 모조

야! 너희 둘 다
소파에 앉지
말라고 했지!

한 번 더
말하지 그래? 네 말
무시하는 건 정말
재밌거든.

그럼 키블러 엘프
대신 액자를 걸던 일을
어디에 앉아서
생각하란 말인가?

하하
하하하
하하

Directed By
Mojo
감독: 모조

SHZZZZZARKK!

불이야!

불이다!

Starring
Spider-Ham
주연: 스파이더햄

하하
하하하
하하

수많은 엘프가
목숨을 잃었다네.

워, 워, 워! 진정해!

싸우자는 게 아니라, 널 행복하게 해 주려고 그러는 거야.

정말?

그럼! 딱 맞는 방법도 있지.

내가 널 잘못 대접했어. 쟤들은 한 세트라 따로 리부트해도 소용없을 거야! 스포트라이트는 너 혼자 받아야 해!

넌 스타 잖아!

흐음… 확실히 일리 있는 말이야.

그렇고말고! 넌 멀티버스를 구했잖아! 이 캐릭터들은 꿈도 못 꿀 모험을 하기도 했지!

넌 전혀 달라! 특별하다고!

제발 하지 마!

세상에 히어로는 오직 너밖에 없다는 설정의 드라마를 만들어 줄게.

너만 승리해서 진정 중요한 존재는 너밖에 없는 드라마 말이야.

흠… 그런 거라면 당연히 보고 싶긴 해.

갖고 싶은 건 전부 가질 수 있어. 우주의 중심이 되는 거야…

친구들을 자유롭게 풀어주겠다는 멍청한 얘기만 잊으면 돼.

난 단 한 번도 내가 남들보다… 잘났다고 생각한 적 없어.

그냥 더 중요한 존재일 뿐이지.

아, 또 시작됐네. 큰일 났다.

감히 어떻게 그런 말을?! 쟤는 엄청나게 웃기다고! 코미디 수준이 높아서 너 같은 평균적인 속물한테는 조금 딱딱할 수도—

아니다. 그냥 보여 줄게!

블랙콜트 홀스가이가 뭔가 보여 드리겠습니다!

못 들었어? 액션! 네 친구들한테 어떤 끔찍한 짓을 할 건지 말해! 재미를 달라고!

하기 싫어

빨리 하란 말이야! 9, 10화쯤까지 재미있어지지 않으면…

…입 안에 땅콩버터를 처넣고 목소리에 더빙을 입힐 거야!

햄, 어떡해?

그냥 하세요.

88

정복자 캉거루. 너는 캉-6309를 변질시킨 자에 대한 체포를 도왔다. 그리고 캉-6309를 거의 죽기 직전까지 몰아붙이면서 네 가치를 증명했다.

굉장히 모순적이지만…

…그에 따라 널 캉의 의회로 다시 받아들이겠다!

홉 디기티!

"홉 디기티"? 그런 용어를 막 던지는 걸 보니 우리 결정이 옳았는지 확신이 서질 않는군.

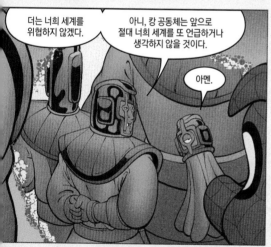

더는 너희 세계를 위협하지 않겠다.

아니, 캉 공동체는 앞으로 절대 너희 세계를 또 언급하거나 생각하지 않을 것이다.

아멘.

아, 떠난다니 참 안타깝구만!

사고 수습해 줘서 고맙다는 말은 잘 받아 둘게!

이제 헤어질 시간이다, 친구야. 이 은혜를 어떻게 갚아야 할지… 모르…

또 시작이다….

사랑한다, 친구야! ≓훌쩍≓ 진짜 진짜 보고 싶을 거야!

절대 우리 추억을 잊지 마!

SPLORCH

SLURCH SNORT

우엑. 그만 가야겠어.

눈물 그쳐, 햄. 우린 나중에 또 만날 테니까.

파커의 운수에 따라 그렇게 될 거야.

아무것도 아냐! 사랑한다! 안녕!

뭐라고?

라발 어스는 안전해졌어, 햄. 모든 게 제자리로 돌아갔다.

전부는 아니죠, 캡틴 아메리캣. 이제 전 달라졌다고요.

여러분이 없다면 아무것도 할 수 없다는 걸 배웠어요.

뉴욕의 모든 히어로는 똑같이 중요 하다는 것도요!

그렇지만…

…이번 일 같은 경우엔 제가 가장 중요한 동물이겠죠. 블랙 콜트가 말할 수 있도록 속임수를 펼친 걸 보면 객관적으로 제가 MVP잖아요?

이번 사건만 보면요!

뭐야?! 제가 틀린 말 했어요?!

이때가 지금도 다 기억나는구먼! 꽤 괜찮게 마무리되었지. 하지만 얼마 지나지 않아 알았다네. 이게…

…끝이 아니랄 걸

#1 CONNECTING VARIANT BY
ARTHUR ADAMS & EDGAR DELGADO

#1 VARIANT BY
WILL ROBSON & EDGAR DELGADO

#1 VARIANT BY
INHYUK LEE

#2 VARIANT BY
**NICK BRADSHAW &
ERICK ARCINIEGA**

#3 VARIANT BY
DAVID NAKAYAMA

#4 VARIANT BY
ROBBI RODRIGUEZ

#5 VARIANT BY
ALEX SAVIUK & CHRIS SOTOMAYOR